KB037511

경계를 거닐다

경계를 거닐다

김용태 시조집

Sijo Poems by KIM YONGTAE

동학사

어릴 때 어촌에 있는 외가댁에 자주 갔다. 당시 외할아버진 돌아가셨고 외할머니께서 친척 분하고 조그만 암자를 운영하고 계셨다. 자연히 절에는 자주 가게 됐고, 어릴 적부터 알게 모르게 불교가 내 정신세계의 일부를 차지하게 되었다.

그 뒤, 도시에 나가 대학을 다녔고, 부산에서 교직생활을 하며 지적인 목마름에 대학원을 진학한 후 문학에 대한 공부를 본격적으로 하게 되었다. 문학이론을 접하면서 어려운 철학, 심리학 등 주변과학 책을 섭렵하였지만, 관심의 대상이던 존재론이나 선불교는 여전히 알 듯 말듯한 상태로 학위논문을 쓰고 박사과정을 마치게 되었다.

난 지금도 이 두 분야에 관심이 많지만, 얻은 건 별로 없는 것 같다. 그런데도 왜 나는 이 문제에 집착하는 것일까. 아마도 그건 나 개인의 성향인 듯싶다. 언젠가는 문 밖을 박차고 나가 사자후를 터뜨리고 싶은 게 나의 소망이다. 그런 날을 꿈꾸어 본다.

난 깔끔하고 정제된 시, 시조가 좋다. 자유시를 썼더라도 아마 긴 시는 쓰지 않았으리라. 우연한 기회로 시조와 인연을

맺었지만, 후회하지 않는다. 어딘가 있을 완성의 목표에 닿을 듯한 긴장감이 나를 자꾸 그리로 끌고 가나 보다. 등단 연륜으로 봐서 너무 과작寡作인 편이지만, 끈을 놓지는 않고 느린 걸음으로 그냥 계속 써보고 싶다.

　두 번째 시집을 낸 지 4~5년이 흘렀다. 나 자신을 돌아봐도 별로 달라진 게 없는 것 같다. 그 동안 써 둔 작품들을 읽어보니 느끼는 바가 많다. 자신의 세계를 바꾼다는 것은 결코 쉬운 일이 아니다. 나 혼자만 뒤처지는 게 아닌가 하는 불안감도 없잖아 있다. 그러나 폭을 넓히며 가는 것이나, 한 길을 깊이 파고드는 것이나 결국은 같은 목표에 도달하는 것이 아닐까.

　작품을 모아 보니 시집 한권 분량이 되었다. 크게 4영역으로 나누어 보았다. 연시조와 단시조 비율이 반반쯤 된다. 다음번엔 단시조만으로 시집을 내보고 싶다. 단시조의 매력에 끌리고 있다. 앞으로 마음에 드는 작품 단 한 편을 위해서 여건이 허락하는 한 써보려 한다. 세 번째 시집을 내고, 반성의 자료로 삼고 싶다. 눈 밝은 이들의 질정叱正을 기다린다.

2018년 6월
저자

경계를 거닐다 김용태 시조집

1

2

3

4

1
무위의 징검다리

운문사雲門寺 문門, 소고小考

구름에 드는

문門 앞에서

세상 짐을 벗고 나면

구름문門 건너

그 너머엔

티끌 하나 없다지만

구름도 한 점 없는 날은

넘을 문門도 없네 그려

눈雪의 설법

이곳, 저곳의 벽이 하나씩 허물어지고

광속으로 치닫던 시간, 흰빛 속에 갈앉으면

마음의 칸막이를 튼, 세상 문이 열린다

쫓기며 살던 골목, 모처럼 느긋한 저녁

아픔도, 근심도 이제 보니 흰 꽃송일세

문명도 결기를 풀어 세상길이 훤하다

위용의 마천루들 길바닥으로 내려오고

흐르는 강줄기도 하늘 위로 떠오르는 날

설법은 따로 없나니, 눈雪 하나면 족할 뿐

적요 寂寥

덧없다면 덧없는 거다

나비 꿈에 젖은 하오下午

하늘 잠긴 수면 위로

흰 구름만 떠가는데

한 점의

티끌만 져도

난파難破할 것 같구나

내 안의 칼

칼을 갈아 시퍼렇게 날을 세우려 하는 뜻은

죽음이 내 안에서 칼을 먼저 들이대기 때문

두려워, 내가 살려면 먼저 칼을 써야하기 때문

상대는 문제 밖이다, 칼은 늘 내 안에 있다

날이 선 쌍칼을 봐라, 휘두르며 원무를 추는

적 없이, 너도 나도 없이 오직 칼만 춤을 추는

다 놓았는데

놓으면 떠내려갈까 부표浮標 하나에 매달려온 삶

그마저 놓고 빈손인데 무얼 또 놓으라는지

'놓아라!'

하는 경책警策에 놀라

얕은 물에서

허우적

숲 속에서 빛을 찾다

누군가 숲 속에서 빛을 찾아 낸 날은

새들은 부리 끝에 빛 조각을 물어다가

미명未明을 콕콕 찍으며 이 숲 저 숲 빛을 연다

빛의 싹이 타오르는 피안의 숲, 문을 열면

새들은 높은음자리에 보금자리 틀어 앉고

바람은 숲속을 돌며 꽃의 씨를 뿌린다

누군가 숲 속에서 빛의 길을 찾은 날은

마을 지붕 위로 새 소리는 늘어나고

바람의 꽃밭은 커져 세상 시름 꽃물 든다

암자

깊은 산 한 중턱에

날아갈 듯 앉은 암자

차라리 날아가듯 지었으면 그만이지

부처님 한 분 모셔다

지그시 누르긴

뭔 일이람

꿈꾸는 돌

석축의 담장 벽을 엉겨 붙은 돌덩이든

길바닥을 나뒹구는 침묵의 돌조각이든

별 돋는 밤만 되어 봐, 영혼들이 꿈을 꾸지

허허, 참 놀랄 일, 돌멩이가 꿈을 꾸다니

아득한 별 자리에다 영혼의 집을 지어

새도록 별의 빛으로 돌의 꿈을 수놓다니

운석으로 떨어진 별, 늘 하늘을 그리워하듯

저 하늘, 저 별의 꿈, 이 지상도 천국이라면

나 또한 우주 어디쯤서 빛을 내는 돌일 테지

솔숲 소요逍遙

소나무 숲에 들면 잦아드는 사념의 파도

송진내 엷게 피는 은은한 바람결에

자궁 속 태아 숨소리 꿈속인 듯 들린다

숨결은 밑뿌리까지 속속들이 쌓였다가

내뻗은 가지 따라 솔 향으로 피어올라

비바람 눈보라에도 외려 천년을 푸르구나

솔숲에 드는 날은 거친 숨을 내려놓고

긴 호흡 느린 리듬 숲의 춤에 취하다보면

노장老莊이 따로 있더냐, 세상 시름 밖에서 논다

문門이 없는 길

그 누가 만들었을까, 문이 없는 그 길 하나

누구나 들 수 있고, 그 누구나 나올 수 있는

그 길을 누가 만들어 사람 앞에 세웠을까

산사 앞에 문이 있다, 들고 나며 보란 문이

열려는 있지만, 지혜로는 못 드는 문

무심코 열려다 말고, 발길 주춤 멈춘다

눈 들어 하늘 보면 무심한 저 새들의 비상

날갯짓 흔적 지우며 가는 길에 문은 없고

생각이 뚝 그친 자리, 하늘 청청青青 열렸더라

니체

신에 눈먼 서구 지성의

뇌관을 터뜨린 자

'인간이 만든 신은 죽었다!'

폭탄 같은 그 한 마디에

비로소

벌거벗은 실존

폐허 속을

걸어 나왔다

마음

마음이 무엇일까, 어떻게 생긴 걸까

애써서 찾아보다 헛물켜고 돌아선다

전제가 잘못 되었나, 물음 바꿔 찾아본다

찾는다며 헤매 도는 그 마음은 또 뭔가

없다고 푸념하는 그 마음은 또 뭐지

아무도 찾지 않으면 없는 걸까, 그 마음이

쓰고 쓰고, 주고받고, 쓸수록 쌓이는 것

어딘가에 쌓였다가 결국 내 안에 쌓이는 것

한 순간 텅 비우고 나면 꽃이 되어 빛나는 그것

회광반조 廻光返照

밖을 보는 시선으로 어찌 안을 보겠느냐

밖의 눈 거두어 들여 어둠 앞에 마주 서봐야

둘 아닌

고요한 내면

엷게 피는

미소를 보지

돌에서 부처를 찾다

기억 속을 더듬어가며 한 점 한 점 돌을 깬다

글자 뜻 넘어서면 불립문자 열리듯이

새기고 깎은 돌에도 정녕 혈맥血脈 도는 걸까

돌에서 부처를 찾아 정 끝으로 쪼고 쫀다

형상에만 매달리던 그 허망, 끝 즘에서야

스스로 빛이 되어서 돌에 스며 나오는 부처

목련, 한 소식

개울가 얼음장 밑 길을 찾던 물줄기나,

문풍지를 울리고 간 지난 밤 시린 바람이나

이 아침 일어나보니 예사 일이 아니었네

알 수 없는 이유로 구름은 흘러가고,

바람 불고, 낙엽지고, 물 흐르고, 꽃 피어도

뜻 없이 그냥 일어나는 일, 그건 정녕 아니었네

물 지나가는 자리에 이름 모를 풀이 돋듯,

바람 불고 지나간 자리 구름들이 모여들듯

이 아침, 굳이 한 소식! 목련 꽃 피웠구나

빛나는 어둠

세상 빛을 다 삼키고도 어둠은 늘 배 고프다

그의 자궁 속엔 늘 어둠의 씨를 키운다

그 씨앗 익어 터지면 제 몸 풀어 빛을 낸다

사방 물비늘 튀기며 치솟는 저 태양도

검고도 거친 우주 밖 어둠의 씨가 싹을 틔워

마침내 수평선 뚫고 고래처럼 박차 오른 것

아낌없는 빛의 헌신 바다 물은 붉게 탄다

종일 타고 남은 재 수평선을 덮을 때면

막막한 잿더미 위로 불씨 같은 별을 보리라

정문일침頂門一鍼

뭘 제법 안답시고 유식한 척 떠들어대지만

'이 생각, 어디서 왔지?'

횡설수설 늘어놓다

'이 뭣꼬', 정문일침頂門一鍼에

입도 벙끗 못한다

부처님께 독대獨對를 청하다

향 피우고 촛불 붙여 어둔 마음 정히 하고

부처님 명호 부르며 두 손 모아 염원한다

어둠 속 뚫고 솟아라, 섬광처럼 빛나시라

무릎 꿇고 오십 배, 백팔 배를 거듭 넘어

이윽고 삼천 배 끝에 독대를 기다리며

안테나 더 높여 보지만 장애음만 성가시다

애 끓는 마음 담아 꼭꼭 눌러 글로 쓴 후

눈물 참회, 오체투지 온몸 던져 애원하지만

메일은 전송 실패로 편지함에 되돌아왔다

정신 차려 눈을 뜨니 펄펄 끓는 여긴 병상

땀으로 뒤범벅된 몸뚱이를 뒤척이며

머리맡 알약 한 줌을 회신인양 더듬는다

돌탑에 오른 염원

돌을 쌓아 올린다, 하나씩 또 하나씩

칼돌 창돌, 석돌 차돌, 모난 돌, 둥근 돌이

어울려 층을 이룰수록 제 모습은 잃어간다

아랫돌은 윗돌의 무게 온 몸으로 감싸 안고

윗돌은 아랫돌의 뜻 침묵으로 읽어가며

비집고 들어온 어깨 틈새 벌려 품어준다

큰 돌은 작은 돌에, 흰 돌은 검은 돌에

군림하지 않는 사이, 탑은 모습 드러내고

염원이 맨 꼭대기 위에 따리 틀고 앉는다

새, 자유를 날다

길을 내며 간 적 없고

울어,

소리 남긴 적 없이

새여,

하늘을 날되

자취 없는 가뭇한 너를

자유라 이름 부르며

또 한 떼

구름이 난다

2

놀라운 일상

놀라운 일상

입으로 뱉는 그 말, 허공에서 터져 봐라

놀랍다, 두 귀는 물이 맑은 호수 되고

수면에 곱게 이는 파문, 징소리로 울릴 때 있다

회로 속 맴을 도는 일상의 자잘한 생각도

침묵의 깊은 독 안, 푹 잠겨 삭다보면

뒤얽힌 매듭 풀리어 눈이 번쩍 뜨일 때 있다

잠깨면 일을 하고, 지치면 쉬다가도

흙바람 햇볕으로 이마 땀을 닦다 보면

일상의 주름을 따라 때깔 곱게 물들 때 있다

세치 혀

약속을 안 지킨 친구 신의 없다 탓만 하랴

마음 안에 그를 지우면 마음 밖도 쓸쓸할 텐데

그나마 품어 두어야 세치 혀를 단속도 하지

순서에 대하여

봄을 먼저 일깨우는 건 봄바람이 아니다

푸른 바람 잉태 전에, 태몽 있기 훨씬 전에

온다는 굳은 믿음 하나, 먼저 싹을 틔운 거다

꽃을 보면 반갑다고 꽃이 먼저 웃는다는데

꽃이 과연 먼저 반겨 네게 웃음 흘렸는지

둘 사이 오고간 교신, 무심 반복 들어보라

밤하늘 수놓으며 찰나를 반짝이는 별

수억의 광년을 달려 지금 눈에 들어온 별

나 그럼 어느 때 살아, 어느 때 별 보고 있지?

쇼트트랙

총소리에 튕겨 나가는 날렵한 인어 낭자들

두 발의 스케이트 얼음판을 가르면서

코너링

아슬한 균형

미끄러져가는 쾌속 드라마

꺾이어 피는 꽃

대낮, 한길 가에 펼친 감동의 드라마다

꼿꼿이 선 채로도 기약하기 힘든 꽃을

짓밟혀 목도 못 가눈 채 눈물 딛고 피웠으니

가만 보면, 연보라 빛 작은 꽃잎 올망졸망

함초롬한 암술 수술 맑은 향이 애처로워

줄기 째 꺾인 의지가 기적처럼 일구었구나

허리 펴고 당당하게 살아가도 힘든 세상

부딪치고 넘어지고 곳곳마다 장벽인데

꺾여도 뜻은 못 꺾지 곡절曲折마다 눈물겹다

통증의 전말

자지러질 듯한 전류보다

콕콕 쑤시는 바늘 끝보다

"순하려나...",

"좀, 무디겠지..."

마음 턱 놓는 순간!

선입견

왕창 무너지더라

고통의 벼랑 끝에선

개, 그리고 야성

목줄에 매인 순종의 끈 단박에 끊어놓곤

쏜살같이 달려들어

먹잇감의 숨통을 죄는

야성은 스프링처럼 튀는

지심地心 속

끓는 용암

그것 또한 파도였네

내 어릴 적 동해 바단 주술 부리는 용의 왕국

포효하며 밀려드는 거센 창파蒼波 위세 앞에

금세 난 용의 입안에 든, 살점 떠는 먹잇감 신세

태풍이 휘몰아치면 뒤집어지는 어촌 마을

노도, 돛도 부질없는 포구 가까운 격랑 속에

어선은 파고에 엎혀 부침浮沈하는 한갓 잎새

선착장 바로 눈앞 생애를 건 어부의 사투

노도怒濤의 회심의 일격, 소망은 끝내 전복되고

풍랑에 휘말린 운명, 지켜보는 피 말림이여

살다 보니 세상살이, 영락없는 거친 파랑波浪

떴다가 가라앉았다, 파란만장 소용돌이 속

아, 용케 버티어 온 힘, 피 속에 끓는 파도였네

비로소 알게 된 것

용호동 승두말*에 올라 넓은 바다 바라본다

쏟아지는 햇살 아래 반짝이는 검푸른 물결

오륙도 대여섯 섬이 좌불坐佛처럼 솟아 있다

묵언 정진, 침잠 중인 저 푸른 바다 속에

가부좌 틀고 앉은 요지부동 섬들을 보며

쉬 얻은 알음알이로 감히 범접犯接하겠는가

세월의 무게 실은 천년 깊이 내공內空을 보면

너와 나 아는 체 해도 저 대양의 한갓 모래알,

깊이도 가늠 못하는, 물위에 뜬 거품이구나

---

* 승두말: 승두말은 용호동 오륙도 선착장 일대를 일컫는다. 옛 용호농장(한센병
환자촌)의 부두시설이었지만, 지금은 '오륙도 스카이워크'로 잘 알려져 있다.

내 사랑은

흘러도 흐르지 않는

내 사랑, 맺힌 채 운다

때론 진물이 나고 속이 터져 아리지만

은빛의 진주 되면 되었지,

떠도는

한갓

모래알이랴

사이

떠난 이는 미련 앞에 잦은 한숨 깊어지고

보낸 이의 아쉬움은 질긴 끈을 차마 못 놔

그 사이 사무친 정만 울컥 가슴 치받는다

가는 여름 성대한 행렬 무거운 발 더딘 걸음

오는 가을 무늬만 잠깐 얼비치다 다시 숨어

그 사이 철들지 못한 나뭇잎만 지레 탄다

자식 되어 자식 노릇 제때 한 번 못해 보고

부모 되면 잘 하리라 맹세마저 꺼진 거품

그 사이 세월만 훌쩍, 이 못난 놈 푸념만 는다

부부

양 날개로 새가 날고 두 바퀴로 수레가 가듯

살다 보니 아내와 나 맞물린 톱니바퀼세

마음도

그럼 하나겠네?

우문愚問에 현답賢答,

웃지요

돌의 마음

발길에 채인 돌에 화풀이는 하지 말라

머리끝에 뻗쳐오르는 '화'라는 이름으로

돌아서 육두문자로 낙인까지 찍어서야

하늘은 별의 마음, 빛 하나로 천국을 열듯

지상도 꽃물이 들면 눈이 머는 낭인浪人 세상

부리를 쭈뼛 세우는 돌의 마음 알까 몰라

돌에도 무늬가 있고, 무늬마다 꿈이 있지

인생 길 고비 고비 혼 줄 놓고 살다가도

오매간寤寐間 깨어 있으라, 돌의 마음 알까 몰라

사랑 엑스타시

돌연, 입이 얼어붙고 눈도 귀도 캄캄했다

다시 눈 떴을 때는 온 몸에 넘치는 전율

손 하나 까딱 못 했다

업연業緣인 양

그대

왔을 때

그래, 이 맛이야

산행이 그러하듯 사는 맛도 마찬가지

산 고개 허우적 넘어 숨을 몰아 쉴 때쯤에야

"그렇지,

바로 이 맛이야."

무르팍을 탁 친다

모성의 바다

인고의 세월만큼 넓고 깊은 주름살은

부딪치고 굽이치다 격랑激浪으로 솟구쳐도

가슴 속 깊이 들이켜 뿜어내면 하얀 거품

모성은 제 살과 피로 생명들을 기르면서

열두 폭 치마 속에 감추며 삭이던 눈물

새는 날 햇빛 비치니 물에 어려 꽃밭이구나

풀씨의 끈기

어둠 속에 까무러친 채 죽어지낸

긴긴 날밤

헤매다가 부여잡은 벼랑 끝

바위틈에

저것 봐, 풀씨 하나가

하늘 번쩍

들어올렸다

빛의 도시, 수영 만

강과 바다 만나는 곳 수영 만에 이사를 왔다

갯벌과 갯버들, 옛 강 흔적 사라져도

석축石築의 강둑 사이로 옛 물 출렁 넘치구나

민락교 수영교 다리, 길만 이은 아쉬움에

좌수영교 난간 위에 무지개가 걸리더니

설레는 강물 거슬러 물새 때가 차오른다

밤들면 강과 바다, 문명 또한 별 밭인데

강 따라 해안선 따라 사람의 꿈이 어우러져

빛 부신 궁전 한 채가 바다 위에 솟았구나

심화心火

'욱' 하다, 그만 놓쳐 솟구치는

붉은 용암鎔巖

수십 번 더 다져도 기어이 터질 거면

차라리 뜨겁게 뿜었다

식어 내리는

허망을 보리

고향 바다

골이 깊은 기억 속의 동해 바단 짙푸르다

밤이면 밀려들어 꿈을 촉촉이 적시다가

겹겹이

푸른 두루마리

머리맡에 풀고 간다

낮달

창문을 여니 서쪽하늘

사위어 가는

낮달 하나

하얀 모시 치마 저고리

여운처럼 스쳐 가던

그 여인 치마 끝에 숨은

수줍은

버선 발 하나

3

궁핍한 시대의 시

혀끝의 힘

요즘의 전쟁이란 총칼 대신 혀끝이다

치수를 재어봐야 세 치밖에 안 되지만

급소를 찌르는 힘은 총칼보다 더 날래다

공중에 뜬 빈말이라도 혀에 올려 되씹다 보면

악성코드 감염이 된 좀비 피시P.C 늘어나듯

엉터리 가짜 뉴스가 저자거릴 휘젓는다

칼날이 녹스는 사이 혀의 기센 하늘을 솟아

독이 든 세 치 끝으로 나는 새도 떨어뜨리며

천둥도 꿈꾸지 못한 세상 뿌리째 뒤흔든다

의적론義賊論

'부자는 다 도둑놈(?)!'

분노가 쓴 의적義賊의 탈

가면이 겨눈 칼날 끝에

악은 쓸어져 나뒹굴고

탈 벗은 민낯 광장의

함성에도

피가 비쳤다

왼쪽으로 기운다

티비TV를 켜도, 영화를 봐도

왼쪽으로 자꾸 기우뚱

한쪽으로 기울어지면

다른 쪽이 반사적 응전

팽팽히 맞선 두 회로의

중심은 늘 위태롭다

그리운 제기祭器 접시

할버지의 그 할아버지, 윗대 윗대 할아버지때부터

신위神位와 자손 사이 닫힌 연을 이어주다

이 빠져, 칠도 벗겨져 볼품없는 나무 제기

더듬으면 조상 손때 구석구석 묻어 있고

할아버지 기침소리 여태 귓전 울릴 듯한

둥글고 굽이 잘록한 고동색의 긴 여운

제기에 올려놓은 한갓된 제수祭需일망정

두 손 받아 드는 순간, 시간의 벽은 허물어져

저승도 함께 빛나는 지금 여긴 삼경三更이다

한 세대만 넘어가도 말의 길은 끊어지고

이웃, 친척, 자식마저 소식 감감 멀어진 세상

시간을 넘어 다니는 낡은 제기가 그리워진다

마을은 철거 중

철거중인 산복 마을 을씨년스런 바람 분다

동구 밖 미루나무 인기척이 밟히는 듯

머리는 풀어 헤친 채 골목길만 뚫어져라 본다

내 발밑을 보다

펄펄 끓는 불덩이 몸 타는 입술 스며나는

신음의 톱니바퀴에 함께 맞물려 돌아가며

뇌수에 깊게 꽂히던 내 아이의 아픈 화살

지금 티비T.V 영상에 비친, 병상에서 신음하는

한 아이 고통 앞엔 뇌파는 무감동 모드

싸늘한 신경회로만 깜빡이다 사라진다

낙엽 밟고 가는 발길 바스락 소리 그 밑에서

숨죽여 가냘피 우는 미물의 힘겨운 저항

더 깊이 귀를 드리우면 떠오를까, 젖은 음표들

포토라인

정의란 이름으로 위선에다 족쇄를 채워

카메라 앞에 세우고 나면 서산西山 능선이 기우뚱

지는 해,

볕은 남아도

눈에 담을 하늘은 없다

빗나간 화살

나의 활시위 줄은 늘 중심을 겨냥하지만

매번 그 화살촉은

약간 왼쪽, 아님 오른쪽

"중심에

한 번 꽂히고 나면

주변 돌아보겠냐"며

봄도 봄이 아니다

시대의 봄은 오는가, 안테나를 세워본다

폭설이 쏟아지려나, 잿빛 하늘 웬 전투기

핵보다 먼저 터진 엄포, 한반도는 이미 잿더미다

대화가 얼어붙은 쌀쌀한 냉전 기류

행여 '불바다론'으로 얼음장이 녹을까 보냐

팽팽한 시위 줄 타고 화살촉이 바르르 떤다

자연의 섭리인가 희망의 봄은 왔다

조석으론 꽃샘추위 그래도 꽃은 폈다

하지만 동강난 허린 봄은 와도 봄이 아니다

솥의 성정性情

무쇠 솥은 끓어봐야 가쁜 숨만 내쉬지만

간편한 오즘 솥은 뚜껑까지 들썩들썩

사람은 한 술 더 뜬다

끓기도 전에

씩씩거려

애드벌룬 시대

흥행을 위한 말 띄우기 애드벌룬 높이 뜨자

잡힐 듯한 신기루에 혼이 들뜬 부유浮游 인생

마음은 이미 난파선

나침판도 흔들리고 있다

광야 속으로

어둠 속 한 점 불안 느닷없이 움이 트면

우울과 회한의 풀 넝쿨처럼 얽히면서

슬픔과 원망의 꽃이 먹구름처럼 피어났지

불만의 늪지대에 탐욕의 씨앗 뿌린 날엔

그럴싸한 빛의 열매 두 손 가득 얻었지만

줏대는 밑둥치부터 야금야금 좀이 슬었다

그 두터운 철벽 어둠 터널 겨우 뚫고 나와

손 털고 텅 빈 머리로 광야 속으로 나서는 날

하늘이 먼저 반겼다, 가슴 뻥 뚫리는 소식

모기가 웃겨

입추 지나 처서 되면 모기 입도 삐뚤어져?

한 여름 내내 헐고 뜯고 막말만 주고받던

그 입은 절기도 없나,

비뚤어졌다 언제 돌아와?

구멍 난 낙엽

벌레 먹이다 구멍 난 잎 그 속으로 세상을 본다

잎맥과 테두리만 남은 뻥 뚫린 구멍 속으로

살붙이

거둬 먹이던

어머니 주름살 비쳐

사랑하며 무너지며

무너지지 않으려고 철옹성의 성벽을 쌓다

굳건하게 쌓을수록 나만 홀로 갇히는 삶

아뿔싸, 이게 아닌데 쌓던 벽을 올려다본다

사람 없는 고독 속엔 상처 따윈 없을지 몰라

흔들리지 않는 나를 성벽 안에 가둘 순 없지

허물고 다시 부수어 세상 속의 나를 본다

만나면 사랑하고 사랑하다 이별하고

이루면 다시 쌓고 쌓다보면 무너지고

삶이란 흔들리는 것, 그 속에 나를 세우는 것

세상 거울 비친 나는 힘에 부쳐 지친 모습

그래 좋아, 사랑하며, 믿고 또, 지지하면

세상도 또 다른 나를 거울 앞에 세우리라

새해, 햇불로 솟다

어둠 뚫고 솟구치다 고래처럼 박차 오르는,

보라, 저 동해 수평선 용광로에서 갓 건져 올린,

아직도

물 뚝 뚝 흐르는

시뻘건 저 불덩이를

한 때, 우린 허탈감과 터질 듯한 분노 속에

오장 육부 구석구석 헐고 터진 상처를 봤다

새 살은 언제 돋을지

회의懷疑 마저 품은 채

하지만, 작은 불씨 심장에서 터져 났다

사시 사방 헤매 돌다 새날 동해 떨어진 빛이

치유治癒의 횃불로 솟아

눈물 앞에

타오르고 있다

싹쓸이의 꿈

싹쓸이의 꿈에 젖은 시대착오 망상가들

핏발 선 눈길 부딪쳐

불꽃 튀는 전투 현장

생사의 고비를 가를

패 한 장이

떨고 있다

야생마 인생

거품 물고 길길이 뛰는 분노에 고삐 채워도

네 발굽 걷어차며

무한질주 욕망에 타는

인생은, 철 못 든 야생마

끌고 가는 빈 수레냐

거미의 일침—針

잠시 한철 살다갈 몸 검은 빛에 속지 말게

허공은 나의 삶터 설계 따윈 본래 없네

한 가닥 은실만 다오 하늘 그물 짜고 싶네

오다가다 덫에 걸린 소중한 인연 덕에

한 점찍고 돌아서면 나의 혼은 텅 빈 충만

햇빛과 바람 노닐 듯 자네도 잠깐 쉬다 가게

4

계절의 문을 열며

진달래를 읽다

몇 고개 빙벽을 넘어 한랭전선 철망을 뚫고

살얼음판 헤매다 와도 상처 하나 없는 몸

오롯이 꽃대를 세워 횃불 들어 올렸구나

반목反目의 눈보라 속 갈등의 골은 깊다

맞붙어 얽히고설킨 관계의 실 꾸러미를

용케도 풀어헤치곤 꽃술 붉게 뽑았구나

고로쇠나무

얼어붙은 땅 밑에서 젖줄로 빨아올린

봄물을 그냥 맛보라며 몸을 맡겨 주는 나무

난 언제

남의 가슴을 적실

시원 달콤

수액樹液 돼 보나

빈자리

일 년 내내 피는 꽃은 예쁜 줄 잘 모른다

봄 한철 잠깐 피었다 아쉬움 주는 봄꽃들 봐라

사람도 떠난 후에야

그 빈자리

향기가 돈다

내 앞에 목련 있다

목련꽃 앞에 서면 우쭐댈 일 없어 좋다

사랑도, 번민도 출렁이는 한때 호사豪奢도

한 칼에

무너져 내리는

속절없는 티끌인 것을

그 어떤 색조로도 꽃에 덧칠 하지 마라

얽히고설킨 생각 잡음마저 걸러낸 빛이

하얗게

너울 쓰고서

관음觀音으로 나투신 것을

색색이 꽃등을 켠들 목련 앞엔 부끄럼이다

무량한 자비 하나로 세상 어둠 밝은 지금

굴곡 진 마음 있다면

주름 곱게 펴고 가자

고통의 전말

진실로 칼바람이 뼈 속을 후벼 파는

한겨울 긴긴 밤을 앓아본 사람이라면

못하지,

저 꽃망울 보며

아름답단 말 못하지....

울음조차 말라버린 칼바위 골짜기 지나

몇 번의 혼절 끝에 겨우 뻗어 닿은 절벽

가지 끝

혈흔을 봐라,

뾰루지 같은 꽃망울 봐라

꽃, 접신接神

봄꽃이 피다 말고 눈앞에서 말을 건다

몇 번의 목례 후 첫 마디를 더듬는데

화닥닥

불 타 오른다,

산소 같은 불티가 튄다

적산온도積算溫度*

눈보라 속 빛을 좇아

매화 망울 터트리고

햇살 모으는 저 볍씨들

몸을 비벼 싹 틔우듯

곪 터져

푹 무르익어야

지혜 물도 괴어오르지

---

* 적산온도: 식물의 생육에 필요한 열량(햇빛, 환경, 온도 등). 볍씨는 발아를 위한 적산온도가 섭씨100도. 만약 20도 기온이면 5일을 기다려야 싹이 튼다는 것.

그리움의 끝

이별의 아픔이란 쉬 잊힐 일 아니라 해도

세월 가면 기억의 갈피 희미한 흔적뿐일 텐데

봄 물가 얼음장 밑엔 못다 한 정 풀리고 있다

겨우내 우두커니 서 있던 저 나무들

외로움에 푹 젖은 채 볕에 잠겨 졸다가

봄 그린 잠꼬대 끝에 실눈 살포시 뜨고 있다

사랑은 시나브로 강물 되어 구비 돌고

닿을 수 없는 거리만큼 그리움은 출렁이는데

애타는 갯버들가지 은빛 뽀루지가 솟고 있다

신록, 그 태초의 빛

태초의 빛이라면 생명의 빛일 터

카오스의 제일성第─聲이 '말씀'이라 하였다면

더불어 솟아나온 건 초록빛이 아니었을까

손으로 그린 것 아닌, 붓으로 칠한 것도 아닌

속에서 터져 나와 한꺼번에 뿜어 솟는

푸른 물, 저 떨림을 봐 너와 난 태초에 있다

빨래 춤추다

오월 그 어느 날, 참 화창한 봄 날씨다

마당엔 옷가지들이 빨랫줄에 늘려 있고

중심을 조심스럽게 바지랑대가 버티고 있다

위험하다, 그것들도 바람 앞엔 어쩔 수 없나

저고린 매무새를 아무렇게 풀어놓고

바지도 지퍼를 연 채 가랑이부터 흔들고 있다

주인의 땀 냄새를 종일 햇볕 바래면서

달콤한 휴식 한때 온몸으로 즐기는 춤

참으로 위험한 시간, 바지랑대도 흔들리고 있다

이열치열 以熱治熱

삼복더위 배낭 메고 힘든 산길 오른다

낙엽 깔린 흙길 따라 정상 눈에 밟히지만

허위적 내뿜는 열기 목젖 달궈 뜨겁다

땀으로 멱을 감는 이 쾌감 아는지 몰라

나직나직 풀벌레 소리 자지러지는 매미울음

한여름 불볕 도가니 자글자글 끓이고 있다

산사는 하안거 중 선방禪房 고요 깊어진다

가부좌 틀고 앉아 화두 일념 받아들면

맹렬히 타오르는 건 삼복더위만 아니다

북대암北臺庵 석류나무

운문사 호거산虎踞山 단풍 눈 아래 굽어보며

암자 앞 고추 마당 매운 맛에 불붙여놓고

그 불길

휘어잡은 채

한낮 태양을 겨누고 있다

불타는 단풍

아래쪽서 번진 불은 솔숲에 와 멈칫 한다

한 번도 제 몸빛을 갈아입어 본 적 없는

외고집 소나무 사이로 억새꽃 흐드러졌다

바람 무척 쌀쌀한데 불은 번져 산을 넘는다

색소를 풀다 말고 넋을 잃고 바라보던

태양도 죽을 맛이다, 저 불은 누가 끌꼬

가을볕, 참 아깝다

배냇골 가을 아침, 너무 맑아 눈물 난다

점점이 붉어가는 푸른 산, 빛나는 숲

인정도 볕을 받아서 물색처럼 곱구나

바람 또한 가을 들면 단물 들어 향긋한데

문득, 출렁이는 황금빛 곡예를 보다

두 눈에 차고 넘치는 가을볕이 참 아깝다

난수표 亂數表

꽃이 피면 환한 그 길 낙엽 지면 어이하랴

빛과 그늘 엇갈리며 꽃물 든 난수표 한 장

섣부른 해독解讀을 말자

가슴 고이

묻어나 두자

가을비

늦은 밤 가을비는 젖는 부분이 다르다

머리도, 귀도 아닌 가슴속부터 젖는다

젖으며

밤 새 흐느껴

창 밖의

내 사랑처럼

또 다시 가을이 앞에

나뭇잎 붉어지고 하늘 빛 깊은 날에

그리움이 창에 기대어 가을나무를 흔들고 있고

뼈아픈 회한 몇 점이 낯붉힌 채 매달려 있다

번민을 깊게 한들 경전 한 구에 못 미치고

생각이 날래다 해도 허공 앞엔 무딘 칼날

문 밖엔

가을이 와 있다

어쩌하랴, 저 빛의 화두를

풍장風葬

늦가을 나무 밑의 낙엽들은 스산하다

한 잎 한 잎 떠나는 잎, 새들아 울지를 마라

내 눈물 마르는 그 날

일어서는 뼈를 보리라

다시 빈손

여기까지다, 나의 청춘 이젠 놓을 때 됐나 보다

가슴 안에 뜨거웠던 노래는 땅에 누이고

영혼만 다시 불 지펴 바람처럼 떠날 때다

굽어보니 여긴 옥토 온기 남아 따습구나

아쉬운 마지막 달력 바람 앞에 스산한데

땅 찍고 하늘 바라니 가지마다 빈손이구나

굽은 허리 곧게 펴니 이고 진 게 다 짐이었나

눈물마저 매달릴 데 없는 바람 불어 황량한 비탈

동안거冬安居 다시 서둘며 꿈을 꾸는 나는 빈손

거울 앞의 겨울

봄여름 가을 거쳐 온갖 호사 다 누렸는데

무슨 미련 또 있어서 애걸복걸 매달릴 거냐

겨울은 화끈하게 벗어

거울 앞에

서는 거야

해설

신운神韻을 찾는
마음 수양의 행로
-김용태 시조의 의미

김경복(문학평론가 · 경남대 교수)

　마음을 하나로 모은다는 것은 얼마나 어려운 일인가! 의
식을 가진 인간은 마음에 따라 삶이 즐겁게도, 슬프게도,
두렵게도 느껴지고, 또 그렇게 변한다는 점을 알기에 마음
을 하나로 모을 수 있기를 간절히 바란다. 마음만 하나로 모
을 수만 있다면, 삶은 선명하고, 재미나며, 의미로 가득 차
게 될 테니 말이다. 그러나 보통 사람들은 마음 자체를 제
대로 알지 못하는 상태에서 그것을 하나로 모으기는커녕
나누어지게 하고, 흩어지게 하고, 심지어 끊어지게 하여 어
수선하고 고단하기만한 삶을 살고 있을 뿐이다. 참으로 쓸
쓸하고 곤란하기 짝이 없는 형상이다. 마음을 갖고 있으면
서 마음 자체를 통제하지 못해 곤궁하기 이루 말할 수 없는

삶의 행로를 밟고 있는 인간이야말로 기이하면서도 아이러니한 존재라 하지 않을 수 없다.

마음의 이러한 효용과 통제의 어려움은, 사람들로 하여금 당연히 마음을 닦는 방법을 찾아 나서게 할 것이다. 흔히 언급되는 '정신 수양'이란 말이 이 경우 전형적인 내용이 될 터인데, 인류가 추구해온 많은 문화적 업적이 여기에 해당된다고 말할 수 있다. 그렇지만, 그 중 유독 이러한 정신적 세계에 대한 관심을 보인 것을 들자면 종교와 예술일 것이다. 삶과 죽음의 문제를 마음 깊은 깨달음으로 이루어내려는 종교적 수행이나 삶의 진정한 의미와 아름다움을 마음의 표현으로 달성해내려는 예술적 행위는 모두 마음의 작업에 의해 이루어지는 일들이다. 마음을 알고 마음을 하나로 모아 그 어떤 의미 있는 일을 하려는 인간의 행위가 종교와 예술에서 최고의 기능을 보임을 우리는 알고 있다. 특히 종교와 예술은 마음의 작업이라는 점에서 서로 쉬이 뒤섞여 하나의 의미심장한 형태로 자주 출현하기도 한다. 종교와 예술은 마음의 수련을 통해 그 어떤 아름다움이나 의미의 충만을 제시하기도 하지만, 마음의 수련 그 자체에서 아름다움과 의미의 광휘를 내뿜기도 한다.

따라서 마음을 닦는다는 것은, 의식을 가진 인간이란 존재의 측면에서 볼 때 필연적 아름다움을 가진 행위다. 예술

110

적 행위를 통해 신성한 존재로의 이행을 꿈꾸는 과정에서 보이는 마음 수양은 아름답다 못해 거룩하기까지 하다. 그 것은 세속적 가치를 초월하게 한다는 점에서 종교인들이 행하는 정신적 수행과 같다. 시 쓰기가 바로 이와 같은 것이 아닐까? 특히 흩어지기 쉬운 마음의 결을 찾아 하나의 의미 있는 형태로 제련하고, 거기에 어떤 빛나는 아름다움이 스며들게 하여 쓰는 자신이나 보는 사람으로 하여금 삶의 쓸쓸함과 덧없음을 달래주게 한다면 참으로 뜻 깊고 가치 있는 일이라 하지 않을 수 없다.

이런 생각은 김용태 시인의 3번째 시조집을 읽으며 갖는 감상이다. 시인은 일반적 차원에서 마음의 정서를 표현하는 것이 아니라, '마음'이란 대상에 직핍直逼하여 시작詩作을 하고 있으며, 이 공허하게 흩어지기 쉬운 대상을 붙잡기 위해 시조라는 형식이 얼마나 적절하고 필요한지를 잘 보여주고 있다 하겠다. 그에게 시조 쓰기는 이 지상의 무의미와 덧없음을 몰아내고 삶의 참된 가치를 찾아내는 데에 아주 절실하고 간절한 어떤 정신적 행위임을 드러내주고 있는 것이다. 그 내용의 일단을 보여주는 시는 이렇다.

마음이 무엇일까, 어떻게 생긴 걸까
애써서 찾아보다 헛물켜고 돌아선다
전제가 잘못 되었나, 물음 바꿔 찾아본다

찾는다며 헤매 도는 그 마음은 또 뭔가

없다고 푸념하는 그 마음은 또 뭐지

아무도 찾지 않으면 없는 걸까, 그 마음이

쓰고 쓰고, 주고받고, 쓸수록 쌓이는 것

어딘가에 쌓였다가 결국 내 안에 쌓이는 것

한 순간 텅 비우고 나면 꽃이 되어 빛나는 그것

　　　　　　　　　　　　　　　　　－「마음」 전문

　이 시의 가장 큰 특징은 무형의 대상인 마음을 시적 대
상으로 삼아 시적 형상화를 꾀하고 있는 점이다. 주제적 측
면에서 이 시의 내용은 '마음'이란 대상의 탐구와 그것을
통한 자신의 삶에 대한 긍정 또는 달관이란 의미로 수렴될
것이다. 이 시의 아름다움은 그러한 마음 찾기의 과정과 심
리적 어려움, 그리고 실낱같은 어떤 깨달음의 표정 등에 나
타나지만, 그것보다 이를 드러내기 위해 보이는 적절한 단
어의 배치와 이미지, 그리고 이를 담아내고 있는 행과 연의
언어적 운용에서 오는 형식의 '탄력'에서 더 많이 발생한다.
마음이란 대상을 시적 제재로 하여 시인은 3수의 연시조
로 그것을 찾는 마음의 탐색, 탐색의 방황, 탐색의 방황이
결코 덧없지 아니하여 어떤 아름다움의 결과로 남는다는
것을 구성하여 제시함으로써 구조적 아름다움을 획득하고
있다.

이 과정에서 묻고 답하는 언어적 질서의 감칠맛과 연聯간의 논리적 연계, 그리고 결론에 이르러 마음의 실상을 적절한 비유를 통해 드러내는 것, 즉 시 속에서 "꽃이 되어 빛나는 그것" 등으로 언어를 부려 쓰는 것은, 마음 찾기와 단련이란 시적 주제를 드러내는 데에 아주 적절한 미학적 형식으로 결합되어 나타난다. 무엇보다 3장 6구라는 시조의 형식에서 언어의 마디와 의미의 매듭이 너무나 자연스럽게 결합되어 하나의 군더더기나 의미의 결락 없이 매우 자족적이고 탄력적인 생명체로 작품이 존재하고 있다는 사실에 방점이 놓인다고 할 수 있다.

이러한 점은, 시인이 시조라는 형식에 내용으로서 제재와 효과로서 표현기교 등을 상호 부합되게 창작하고 있음을 말해주는 것이다. 쉽게 말하여 언어의 질서 속에 시적 주제가 화학적으로 녹아들어가 언어적 탄력감이 매우 생동감 있게 살아남으로써 시의 깊이와 아름다움을 더욱 심화시켜 주고 있다는 뜻이다. 시조라는 작품이 많이 발표되고 있는 현실에서 아직 이 시만큼 자연스럽고 의미와 형식이 잘 맞아떨어지는 작품을 찾아볼 수 없다는 점에서 보면, 김용태 시인의 시적 공력이 남다름을 알 수 있고, 하나의 뚜렷한 일가를 이루었음을 알게 하는 부분이다. 그러나, 무엇보다 이러한 것들은 앞에서 제기했던 무형의 마음을 하나로 모으고 잘 살려냄으로써 삶의 진정한 의미와 가치를 찾아내

고 실천하고 있다는 의미에 우리를 집중시키고 있음에 틀림
없다.

그 점에서 다시 이 작품을 쳐다보며, 우리는 왜 시인은 시
적 대상을 마음에 두고 그 의미를 찾고 있을까 하는 점을
다시 묻지 않을 수 없다. 보통의 시들이 세계나 사물에 대
한 관찰과 그로 인한 직관을 미적 형상으로 드러내고 있음
을 염두에 둘 때, 무형의 마음에 관심을 두고 이를 자신의
심적 변화과정과 맞물려 시화詩化하고 있다는 사실은, 김용
태 시인의 시적 지향과 관련된 큰 특징을 드러내는 것에 다
름없기 때문이다. 마음의 행로는, 존재와 삶에 대한 인식이
나 가치를 보여주는 것이기에 그 마음의 길을 따라가 보는
것은 한 시인의 세계를 알아보는 데에서 필수적이다. 그럴
때, 이 작품에 잇달아 오는 듯한 다음 시들은 시인 김용태
의 시세계를 이해하는 지름길과 같은 작품들일 것이다.

돌에도 무늬가 있고, 무늬마다 꿈이 있지
인생 길 고비 고비 혼 줄 놓고 살다가도
오매간悟寐間 깨어 있으라, 돌의 마음 알까 몰라
                                    －「돌의 마음」 부분

칼을 갈아 시퍼렇게 날을 세우려 하는 뜻은
죽음이 내 안에서 칼을 먼저 들이대기 때문

두려워, 내가 살려면 먼저 칼을 써야하기 때문

―「내 안의 칼」 부분

두 시의 저변에 흐르는 것은 "깨어 있으라"라는 말에 집약되어 나타나는, 삶과 존재에 대한 성찰이다. 특히 "죽음이 내 안에서 칼을 먼저 들이대기 때문"이란 시 구절에서 파악할 수 있듯이, 존재의 절멸과 관련된 대응으로서의 '깨어있음'은, 육체를 지배하고 있는 마음의 작용에 의해 발생하는 삶에 어떤 의미를 부여하고자 함이 분명하다. 「돌의 마음」에서 볼 수 있듯이, 깨어있고자 하는 것은 "인생 길 고비 고비 혼 줄 놓고 살"아가는 상태에서 벗어나고자 하는 것이다. 이 '혼 줄 놓음'은 삶의 미숙과 어리석음 같은 것으로서 무의미한 존재의 상태를 가리킨다 할 수 있는데, 시의 표현에서는 '오매간寤寐間'으로 나타나고 있다. 이러한 무의미한 존재의 부정 상태를 타개하고 격파하기 위해 "칼을 갈아 시퍼렇게 날을 세우려 하는 뜻"을 품은 것으로 볼 때, '칼'은 진정한 삶을 살겠다는 강한 의지, 즉 마음의 강한 응집을 상징하는 것으로 보인다. 칼로 죽음과 맞서는 강렬한 이미지를 형상화하는 것은, 자신의 육체와 마음에 한 치의 허술함과 흐리멍덩함을 허용치 않겠다는 단호한 결기와 의지를 내보이는 것이라 할 수 있는 것이다. 이러한 표현들은 마음의 단단함과 각오를 환기하여 존재의 진정성을 찾기 위한 탐구적 자세를 드러낸 것으로 볼 수 있다.

문제는 왜 그러한 마음의 결기를 '돌의 마음'으로 표현하였을까 하는 점이다. 돌도 마음이 있다고 표현하는 것은 돌을 하나의 생명체, 하나의 정신적 존재로 여긴다는 말이다. 이는 조금 더 생각해보면, 마음을 돌과 같은 존재로 본다는 의미도 된다. 때문에 돌과 마음의 비유는 단순한 차원의 결합이 아니다. 시인은 상상력의 논리에 따라 마음의 무형성과 증발을 막기 위해 시조라는 형식으로 그 실체를 붙들어 매고, 더 나아가 마음의 실체를 부여하기 위해 '돌'이라는 물질을 불러들임으로써 마음이 얼마나 강고한 실체일 수 있음을 드러내고 있는 것이다.

이는, 다른 시 가령, "허허, 참 놀랄 일, 돌멩이가 꿈을 꾸다니/ 아득한 별 자리에다 영혼의 집을 지어/ 새도록 별의 빛으로 돌의 꿈을 수놓다니// 운석으로 떨어진 별, 늘 하늘을 그리워하듯/ 저 하늘, 저 별의 꿈, 이 지상도 천국이라면/ 나 또한 우주 어디쯤서 빛을 내는 돌일 테지"(「꿈꾸는 돌」)에서 '돌'을 하나의 꿈을 꾸는 생명체로 표현하고 있는 부분과 자신을 돌에 빗대어 '빛을 내는' 존재로 형상화하고 있는 데에서도 이러한 점을 발견할 수 있다. 이러한 시적 흐름은 시인이 마음을 하나의 볼 수 있는 대상으로 만들되, '돌'처럼 단단하고 변함없는 존재로 형상화시키고 싶은 것을 의미한다.

그렇다면, 왜 무형의 마음을 돌로 전화해 상상력을 전개하고 있는가 하는 물음도 잇달아 던져볼 수 있다. 이 해답은, 김용태 시인이 발휘하는 상상력의 과정에서 발견되는 돌의 이미지를 통해 추단해 볼 수 있다. 시인은 삶의 나날에서 자신의 마음을, 즉 자신의 진정한 존재성을 알고 싶다. 덧없고 무형한 마음을 단단하고 불변적 존재로 만들고 규정할 수 있다면 나의 실존도 그렇게 여길 수 있는 가능성을 획득한다. 거기에 돌의 마음, 돌의 꿈 등을 언급하면서 그 돌이 사실은 존재의 구원과 맞물린 신성한 것임을 예시한다. 생명을 지녔을 뿐 아니라 신성하고 영적 대상임을 시인은 발견해내는 것이다. 가령, "돌에서 부처를 찾아 정 끝으로 쪼고 쫀다/ 형상에만 매달리던 그 허망, 끝 즘에서야/ 스스로 빛이 되어서 돌에 스며 나오는 부처"(「돌에서 부처를 찾다」)라고 노래하였을 때, 돌은 '빛'이자 '부처'로서 신성한 물질이 된다. 이는 마음의 행로가 돌의 물질성으로 나아가면서 부처와 같은 신성을 획득하기를 염원하는 과정에서 발생하는 형상이다.

　　그리하여 김용태의 시는 마음의 수양을 통한 진정한 나, 참된 자아를 찾는 종교적 행위로 이행되어 간다. 예술적 행위가 종교적 가치로 수렴되며 구원과 각성의 문제로 귀결되는, 곧 정신적 수행이 되는 것이다. 다음 시들이 그런 경우다.

번민을 깊게 한들 경전 한 구에 못 미치고
생각이 날래다 해도 허공 앞엔 무딘 칼날

문 밖엔
가을이 와 있다
어쩌하랴, 저 빛의 화두를

-「또 다시 가을이 앞에」 부분

향 피우고 촛불 붙여 어둔 마음 정히 하고
부처님 명호 부르며 두 손 모아 염원한다
어둠 속 뚫고 솟아라, 섬광처럼 빛나시라

-「부처님께 독대獨對를 청하다」 부분

　이번 시집에서 눈에 보이는 대로 뽑아본 불교 관련 작품
들이다. 모두 삶과 존재의 문제를 '번민'하면서 "어둠 속 뚫
고 솟아라, 섬광처럼 빛나시라"에서 볼 수 있듯, 미망에서든,
죽음에서든 어둠으로 상징화된 존재의 무의미에서 구원되
기를 간절히 염원하고 있다. "저 빛의 화두"에서 볼 수 있듯,
마음 찾기와 마음 수행을 통해 불교적 진리를 추구하고자
하는 것으로 이어지면서 존재가 갖는 비극적 운명에서 벗어
나기를 서원誓願 하고 있다고 볼 수 있는 것이다. 이러한 불교
적 상상력을 통해 마음의 실체와 그 의미를 추구하는 것은,
이번 시집에서 「돌탑에 오른 염원」, 「비로소 알게 된 것」 등

의 여러 작품들에 잘 나타나고, 또 지난 2번째 시집 『거품
에 대한 명상』에서도 가령, "눌러도, 암만 눌러도/ 부글부글
끓어넘치는// 끓다가 제물에 스러지는/ 그 허망, 원망 말라//
허망함, 그대로 인생이지/ 그럴수록 더 빛나는 게지."(「거품
13」)의 「거품」 연작 시리즈를 통해서도 삶의 무상함과 덧없
음에 대한 깨달음의 형식으로 잘 나타나고 있다.

　그런데, 이러한 서원은 일상적 현실로 들어오면 쉬이 마모
되는 것, 그렇게 '돌'과 같은 단단한 마음이길 맹세하듯 바랐
건만 쉬이 풍화되고 말 것이 분명하다. 따라서 시인은 존재
라는 이름으로 일상적 현실이 주는 중압에 벗어날 수 없어
갈등하고 고민한다. 갈망과 체념의 이중적 심리는 인간이기
때문에 받을 수밖에 없고, 받아야만 하는 천형天刑과 같은
것이다. 문제는 그 양극의 드라마 속에 놓여 있을 때 더 인
간적인 모습을 보게 된다는 사실이다. 가령, "여기까지다, 나
의 청춘 이젠 놓을 때 됐나 보다/ 가슴 안에 뜨거웠던 노래
는 땅에 누이고/ 영혼만 다시 불 지펴 바람처럼 떠날 때다"
(「다시 빈손」)라고 시인이 중얼거렸을 때 상실과 희망의 교
차적 감정은 인간이기에, 특히 나이를 먹어 존재의 불안을
실감으로 느끼는 노년의 존재이기에 가질 수밖에 없는 절절
한 사유의 형식을 보여주는 것으로써 훨씬 감동적인 양상
을 띤다. 그런 점에서 시인도 일상적 삶의 현상과 그 속의
번민하는 자아의 모습도 놓치지 않는다.

그러나 시적 인식은, 앞에서 보았듯 보다 지고한 세계로
의 나아가기다. 마음을 묻는 자체가 그러한 세계로의 이행
을 염원하는 것이다. 따라서 마음을 통한 사유는 자신의 삶
에서 보다 고차원적 방향을 띠는 이미지로 수렴되며, 자신
의 한계를 벗어나는 것으로 발전해간다. 시인이 꿈꾸는 이
러한 현상은, 이번 시집에선 세속적 가치의 한계를 벗어나
유유자적한 삶을 추구하는 것으로 나타난다. 달리 말하면,
일상적 삶의 현실이 주는 중력으로부터 벗어나 자유로운 삶
을 누리기 위해 삶의 한계에 대한 부정을 보이는 것이다. 다
음의 시편이 그것이지 않을까?

구름에 드는
문門 앞에서
세상 짐을 벗고 나면

구름문門 건너
그 너머엔
티끌 하나 없다지만

구름도 한 점 없는 날은
넘을 문門도 없네 그려

 −「운문사雲門寺 문門, 소고小考」 전문

경계에 대한 인식은 현실적 삶의 제약으로부터 벗어남을 본격적이고도 본질적으로 인식했다는 의미다. '문'과 그 문에 대한 경계를 벗어나는 '건너'나 '그 너머'에 대한 상상은 현실적 삶의 장애에 대한 인식과 함께 그것의 초월을 갈구한다는 뜻이다. 이것들은 마음의 거리낌 없음을 추구하는 것으로, 대자유의 삶, 또는 불교식으로 말한다면 원융무애 圓融無碍의 삶으로 나아가고자 하는 것이 아닐까 싶다. 그런 점에서 시 속의 문은 걸림이자 장애를 상징한다. 따라서 그가 다른 시에서 "그 누가 만들었을까, 문이 없는 그 길 하나/ 누구나 들 수 있고, 그 누구나 나올 수 있는/ 그 길을 누가 만들어 사람 앞에 세웠을까"(「문門이 없는 길」)하고 말할 때 문은 걸림이요 경계로서 삶의 한계를 의미하고, 이것을 없애는, 즉 "문이 없는 그 길"은 삶의 궁극적 대자유로 나아가는 것을 의미한다고 볼 수 있다. 이러한 경계 없음의 세계는 물론 그의 시적 도정으로 볼 때 불교적 깨달음의 내용과 상관될 것은 틀림없다. "세상 짐을 벗"는다는 이미지도 그런 점에서 세속적 욕망을 초월해 진정한 세계로 진입하기를 갈망하는 시적 화자의 의지와 염원을 상징한다고 볼 수 있다.

이러한 대자유로의 심리적 지향은 자주 거침없음과 한가로움으로 변주된다. 시인의 시 중 상당수가 마음의 여유와 세월의 한가함을 노래하는 것은 경계에 얽매이지 않고자

121

하는 시인의 이런 원망을 대변한다. 다음 두 편의 시가 그것을 잘 보여준다.

> 솔숲에 드는 날은 거친 숨을 내려놓고
> 긴 호흡 느린 리듬 숲의 춤에 취하다보면
> 노장老莊이 따로 있더냐, 세상 시름 밖에서 논다
>
> ―「솔숲 소요逍遙」 부분

> 오다가다 덫에 걸린 소중한 인연 덕에
> 한 점찍고 돌아서면 나의 혼은 텅 빈 충만
> 햇빛과 바람 노닐 듯 자네도 잠깐 쉬다 가게
>
> ―「거미의 일침一針」 부분

이 두 편의 시는 다소 도가적 관점의 태도를 취하고 있다. 장자의 '소요유逍遙遊'란 말에서 알 수 있듯, 이 시들의 정조는 한 마디로 "세상 시름 밖에서 노"니는 것, 즉 속세의 어지러운 욕망과 번뇌에서 벗어나 한가롭게 살아가는 것이다. 이는 그 아래의 시 「거미의 일침一針」의 "햇빛과 바람 노닐 듯 자네도 잠깐 쉬다 가게"의 행에서 유유자적하게 신선처럼 살아가길 꿈꾸는 데에서도 나타난다. 모두 욕망으로부터 초연한 탈속적 모습을 보여준다. 그 점에서 여기서 언급하는 신선의 삶은 앞에서 보였던 부처의 삶과 그리 멀지 않은 관계로 볼 수 있다. 모두 세속적 욕망으로부터 벗어나 진정한 자아를 찾아 그것을 자신의 가장 가치 있는 삶의 내용으로 삼아 살아가고 싶다는 의미로 읽힌다는 점에서 동격이다.

이러한 시적 흐름을 통해 볼 때, 그의 시는 자신의 범속함을 털어내고, 마음의 지고한 수행을 통해 아름답고 성스러운 존재로 전환되어 가기를 꿈꾼다고 할 수 있다. 물론 그의 시가 다 마음의 수행이라는 형이상학적 세계의 추구로 이루어져 있는 것은 아니다. 일상적 현실에 대한 관심의 작품도 상당한 양에 이르며, 그것들 중 감각적 형상화가 남달라 작품의 미학적 특이성을 주목해보아도 좋을 작품이 꽤 된다.

가령, "산행이 그러하듯 사는 맛도 마찬가지/ 산 고개 허우적 넘어 숨을 몰아 쉴 때쯤에야// "그렇지,/ 바로 이 맛이야."/ 무르팍을 탁 친다"(「그래, 이 맛이야」)나 "무쇠 솥은 끓어봐야 가쁜 숨만 내쉬지만/ 간편한 요즘 솥은 뚜껑까지 들썩들썩// 사람은 한 술 더 뜬다/ 끓기도 전에/ 씩씩거려"(「솥의 성정性情」) 등은 일상 현실 속의 삶의 모습을 여실하게 드러낼 뿐 아니라, 세태의 특성을 사물의 특성에 잘 빗대어 쉽고 유머러스하게 살려내는 모습을 보이고 있다. 특히 시 구절 속에 자연스럽게 일상화법인 "그렇지,/ 바로 이 맛이야."를 까다로운 종장 첫 구에 아주 적절하게 결합하고 있는 것은 탁월한 감각이라 하지 않을 수 없다.

　그러나 그 무엇이라 해도 김용태 시인의 작품이 갖는 아름다움은, 마음 수행을 통한 정신적 광휘의 세계를 획득함에 있을 것 같다. 다시 말하면, 시적 인식의 단련을 통한 예술혼의 획득에 있는 것 같다. 시인은 이미 지난 2번째 시집에서 이와 관련된 시를 쓴 바가 있다. 그때 시인은 시 쓰는 행위 자체를 일컬어, "시업詩業의 첫걸음은/ 그야 말 고르는 일// 〈중략〉 // 그 어느 신운神韻을 얻어/ 춤이 되는 그날까지.// 〈중략〉 // 천지도, 귀신도 곡哭할/ 그런 음音을 얻는 거지."(「득음得音」, 『거품에 대한 명상』)라고 말하면서 시의 궁극적 목표를, 신운을 얻어 귀신도 곡할 그런 음을 얻는 것, 곧 득음의 경지로 밝히고 있다. 그러한 시적 경지는 쉽지 않을 것이다. 그렇지만, 이번 시집에서 그와 같은 경지의 시를 뽑아본다면 다음과 같은 것들이지 않을까 한다. 마음의 수행이 원만하게 이루어진다면, 다음과 같은 놀라운 정신적 결과물을 토해내도 그리 이상한 일은 아니다.

　　어둠 속에 까무러친 채 죽어지낸

　　긴긴 날밤

　　헤매다가 부여잡은 벼랑 끝

　　바위틈에

　　저것 봐, 풀씨 하나가

하늘 번쩍

들어올렸다

-「풀씨의 끈기」 전문

창문을 여니 서쪽하늘

사위어 가는

낮달 하나

하얀 모시 치마 저고리

여운처럼 스쳐 가던

그 여인 치마 끝에 숨은

수줍은

버선 발 하나

-「낮달」 전문

이 두 편의 시는, 내가 보건대 이번 시집의 백미들이다. 우선 「풀씨의 끈기」는 풀씨가 싹트기까지의 고단한 삶의 상황을 초장과 중장의 배열을 통해 잘 그려내고 있고, 무엇보다 그러한 애잔하고 여린 생명의 탄생이 이 우주를 깨우는, 즉 "저것 봐, 풀씨 하나가/ 하늘 번쩍/ 들어올리"는 대역사임을 종장의 감각적 배열을 통해 아주 빼어난 이미지와 언어적 탄력으로 포착해내고 있다. 내용적 측면에서, '풀씨 하나가 하늘을 번쩍 들어올릴' 수 있는 것은 마음의 절대적 힘으로서 신비 때문일 것이다. 즉 시인의 마음 수행으로 인하여 불교적 진리라 할 수 있는 '일체유심조一體唯心造'의 현상이 이 구절에 적용된 것이라 할 수 있다. 그에 따라 내용의 깊이는 압축적인 이미지와 응축적인 형식과 만나 절묘한 조화를 이룬다. 그 점에서 이 작품은 시조 형식으로 감상해야만 그 깊은 맛을 느낄 수 있다는 생각이 들게 한다.

「낮달」도 그 점은 마찬가지다. 다만 이 시는 애잔함과 여림의 정서가 시편 가득 맴돌고 있는 점이 주목된다. "사위어 가는/ 낮달"을 "여인 치마 끝에 숨은/ 수줍은/ 버선 발 하나"로 연상하거나 비유하는 것은 누구나 할 수 있는 일이지만, 이렇게 은은하게, 그리고 애틋하게 그려낼 수 있는 것은, 김용태 시인만의 고도의 정신적 작용이 가해진 결과라 하지 않을 수 없다. 무엇보다 이 두 편의 사물들은 '사위어가'거나 '숨'어 있는 존재들의 애잔함과 여림에 주목하고 있는데, 여기서 이 시의 신비한 분위기가 발생하고 있다. 이 작품을 보면 아름다움은 밖으로 드러난 휘황한 것이 아니라, 나중에야 나타나는 고요한 빛임을 느끼게 한다. 즉각적인 것이 아니라, 우회로를 거쳐 드러날 듯 말 듯한 상태에서 천천히 진정한 향기를 우려내는 것들이 진정한 존재의 아름다움을 보여주는 것이 아닐까 하는 생각을 들게 하는 것이다. 이 시는 이와 같은 아름다움을 지녔다는 점에서 적어도 '신운神韻'이 감도는 작품이라 할 수 있지 않을까?

　마음 수행은, 의념意念으로 이 세계의 모든 것을 짓거나 부수기도 하면서 결코 사라지지 않는 영원하고 신성한 대상으로 합일되어 가려는 것이다. 시적 상상력도 바로 그와 같아서 김용태 시인은 시를 통해 부처님이 걸어갔을 법한 수행의 과정과 지향을 추구하고 있다. 그 과정과 지향은 매우 험난하고 지고한 것이기에 쉽지 않지만, 인간의 간절한 비원을 담고 있기에 애틋하면서도 찬란하다 하지 않을 수 없다. 그의 시가 이와 같기에 애잔하면서도 따사로운 빛을 내고 있는지도 모른다. 때문에, 시인에 대해 보다 더 큰 신운을 얻어 득음의 경지로 대변되는 구원의 길 위에 서기를 기원한다고 말할 수 있는 것은, 그의 시에 젖어 한 세계를 살아본 사람으로서 갖게 되는 당연한 마음일 것이다.

경계를 거닐다

지은이 · 김용태
펴낸이 · 유재영
펴낸곳 · 주식회사 동학사

1판 1쇄 · 2018년 6월 14일
출판등록 · 1987년 11월 27일 제10-149

주소 · 04083 서울 마포구 토정로53 (합정동)
전화 · 324-6130, 324-6131 | 팩스 · 324-6135
E-메일 | dhsbook@hanmail.net
홈페이지 | www.donghaksa.co.kr
www.green-home.co.kr

ISBN 978-89-7190-654-5 03810
※ 저자와의 협의에 의해 인지를 생략합니다.
※ 잘못된 책은 바꾸어 드립니다.
※ 본 도서는 2018년 부산광역시, B.USA.C 부산문화재단, 지역문화예술특성화사업으로
지원을 받았습니다.